AF402592

EPITRE

A

THÉRESE,

SUR

L'AMOUR PLATONIQUE;

AVEC

LA RE'PONSE.

A PARIS,

Chez LOUIS-GREGOIRE DUPUIS, Grande
Salle du Palais, au S. Esprit.

M. DCC. XXXIX.

Avec Approbation & Permission.

EPITRE

A

THÉRESE.

GArçon qui seroit à son aise,
Par un hommage plus pom-
peux,
Vous donneroit, belle Thérese,
Preuve éclatante de ses feux.
Mais moi, qui grace à la Fortune,
N'ai pas au gousset deux testons,
Et qui faute de clair de lune,
Me couche souvent à tâtons.
Je vous offre pour sacrifice
Ce qu'on offroit jadis aux Dieux,
Quand la droiture & la justice
Seules regnoient en ces bas lieux.
Un cœur pur, un zele sincere.

A ij

Quoîqu'à vous parler franchement ,
Bien des gens ne pourroient vous faire
Un don ſi rare & ſi charmant.

Car aujourd'hui la fourberie ,
L'interêt & la vanité ,
Et la folle coquéterie ,
En font l'extrême rareté.

Si bien que dans toute la France
Peut-être ne verriez-vous point ,
(Cela ſoit dit ſans arrogance)
Cœur qui me vaille ſur ce point.
   Mais à ce Préſent magnifique ,
Et ſi mince en ce tems pervers ,
En vain ma Verve poëtique
A voulu joindre quelques vers ;
Jamais le Dieu de l'Harmonie ,
Qui tant de fois s'eſt entêté
A m'agiter de ſa manie
Sans raiſon , ſans néceſſité ,
N'a voulu lancer dans mon ame ,
Quoique prié dévotement ,
Un trait de cette belle Flâme
Qui fait parler divinement.

   Apollon , viens guider ma plume ,
Diſois-je avec humble maintien

Selon la pieuse coutume
De tout Poëte bon chrétien.
Mais Apollon, à ma priere,
Dans ce moment vif & preſſant,
Plein de dépit & de colere,
N'a répondu qu'en frémiſſant.
Que le Dieu, dit-il, qui t'inſpire,
Et dont tu réveres les feux,
T'apprenne à manier la Lyre,
Et ſoit favorable à tes vœux.
Depuis cette Fléche cruelle,
Dont Amour me bleſſa le cœur,
Quand pour une Nymphe rébelle,
Il ſçut m'inſpirer de l'ardeur,
Sçache qu'une haine implacable,
Secondant mon courroux puiſſant,
Me rend irréconciliable
Avec ce dangereux Enfant.
Ainſi de la Flâme ſecrete,
Qui ſeule peut, quand je le veux,
Faire tout d'un coup un Poëte,
N'attends pas les effets heureux.
Après ce compliment honnête,
Dont, ainſi que vous penſez bien,
Je n'eus lieu de me faire fête,

A iij

Il ne voulut plus d'entretien.
   Aimable Thérese , j'enrage ,
Quoiqu'affez inutilement ,
Que ce Dieu bizarre & fauvage
M'ait éconduit fi rudement.
Car j'avois un deffein louable ,
C'étoit de vanter vos attraits ,
Et par une peiture aimable ,
De les faire vivre à jamais.
J'aurois avec délicateffe ,
   Ou du moins faifant de mon mieux ,
Saifi ce port plein de nobleffe ,
Digne d'une fille des Dieux.
De-là ma plume ingénieufe
Eût tâché de rendre avec foin ,
Cette taille majeftueufe
Qui vous fait refpecter de loin.
Cet air doux, gracieux ,affable ,
Et tout à la fois impofant ;
Ce regard fier & redoutable ,
Et tout à la fois féduifant ,
Qui feul fçait bien mettre en ufage
Le rare & merveilleux fecret
De rendre dans fon badinage
Le fol Amour fage & difcret.

Mais ſoit en rime, ſoit en proſe,
Autant valoit n'en dire rien,
Puiſque l'on n'eût dit autre choſe
Que ce que le monde ſçait bien.
Cette raiſon ſeule m'appaiſe.
Mais à parler en vérité,
J'aurois pourtant été très-aiſe
De pouvoir avec dignité
Tracer de votre ame excellente
Quelque généreux ſentiment.
Cette ſincerité conſtante
Qu'on trouve difficilement.
Ce diſcernement peu vulgaire,
Qui dédaignant le faux éclat,
Sçait à l'aide de ſa lumiere
Diſtinguer l'homme, de l'état.
Ce zele officieux, aimable,
Que toujours on retrouve en vous
Cette politeſſe agréable,
Qui ſçait vous rendre chere à tous.
Enfin cette façon ſi ſage,
Et de juger & de penſer,
Que la Nature & non l'uſage
Seule aux Humains peut diſpenſer.
C'eſt-là ce que je voudrois peindre;

Et tel qui prendroit ce parti,
Pourroit-il avoir lieu de craindre
D'étre quelque jour démenti ?
   Si votre cœur étoit fenfible,
En faifant ces riches tableaux,
D'une maniere imperceptible,
J'en aurois pû glifler deux mots.
Mais quoique vous fçachiez bien plaire,
Amour chez vous eft mal reçu ;
Et je vais pour vous fatisfaire,
Vous dire comme je l'ai fçû.
Voyant qu'Apollon trop févere,
Ne vouloit entendre raifon,
J'invoquai l'Enfant de Cythere
Par une dévote oraifon.
Cet Enfant, quoiqu'on puiffe dire,
Ne l'eft pas tant qu'on croiroit bien ;
Et même par fois il infpire
Mieux que l'Oracle Delphien.
Chaque Dieu n'a qu'une fcience,
Et fe trouve bien-tôt à bout ;
Chez l'Amour point d'infuffifance ;
Ce petit Dieu fçait faire tout.
Mais helas ! auffi fier que l'autre,
Je n'en ai pû tirer raifon,

Et si j'en crois le bon apôtre,
Ce ne fut point par trahison.
Avec un peu de patience,
Lisez ce récit seulement,
Et puis sur ce cas d'importance
Dites-moi votre sentiment.

Un soir dans le plus humble stile,
Ayant prié ce digne Enfant,
Je me couchai l'esprit tranquile,
Et par avance triomphant.
Au milieu de la nuit obscure;
(Ceci n'est point futilité,)
Je vis sa gentille figure
Toute brillante de clarté.
Mon Galetas parut un Temple,
Tant il étoit bien décoré;
Et c'est dommage, par exemple,
Qu'il ne soit ainsi demeuré.
Les ris, les graces, la jeunesse
Brillent sur le front de ce Dieu;
Sa bouche inspire la tendresse,
Et ses regards le plus doux feu.
Sa taille admirable, divine,
Fait le ravissement des yeux;
Certaine pudeur enfantine

Le rend le plus charmant des Dieux.
Sa démarche étoit nonchalante,
Mais pleine de charmes fecrets ;
Sa voix flateufe, féduifante,
Avoit d'invincibles attraits.

Je viens, dit-il, à ta priere,
Mais, à te parler fans détour,
Sçache que je ne veux rien faire
Pour qui ne connoît pas l'Amour.
Thérefe, cette ame indomtable,
Méprife toûjours mon pouvoir ;
Me croit un Démon déteftable,
Et des faux Démons le plus noir.
Mille fois cette fille impie
Railla mon culte & mes autels,
Et nomma pefte de la vie,
Le bien fuprême des mortels.
Cent fois ma trop jufte vengeance
Sur elle a tâché d'éclater,
A la honte de ma puiffance,
Cent fois elle a fçû l'éviter.
Je fçais enfin d'où vient fa haine ;
Elle confond ma chafte ardeur
Avec une coupable chaîne,
Dont jamais je ne fus auteur.

Un faux Amour que la Folie
Me donna jadis pour rival,
Des Humains infecte la vie ;
C'est de lui que vient tout le mal.
Le vil Interêt est son pere,
Sa mere est la Brutalité.
Après lui, d'une aîle légere,
Suit le fils de la Vanité,
L'Amour coquet, enfant volage,
Qui courant d'objets en objets,
Avec imprudence s'engage
Souvent en ses propres filets.
Il ne se repaît que de larmes,
D'emportemens & de regrets,
Et jamais n'étale ses charmes,
Qu'à dessein de troubler la paix.
Ce sont ces deux Monstres sans doute,
Que cette fille prend pour moi :
Mais pourvû que son cœur m'écoute,
Sans défiance & sans effroi,
En apprenant mon origine,
Tu verras toute sa fierté,
Aux charmes de ma voix divine,
Se rendre avec docilité.

    C'est le solide & vrai mérite

Qui de mes feux eſt le motif;
Un objet indigne m'irrite,
Et me trouve toujours rétif.
Mes fléches ſont chaſtes & pures,
Et mes feux deſintereſſés;
Ceux qui reſſentent mes bleſſures.
Se font gloire d'être bleſſés.
Un commerce plein d'innocence,
Eſt le but de leur volupté :
Jamais la noire défiance
Ne trouble leur tranquilité.
Pour eux c'eſt un plaiſir extrême,
Que d'aimer & que d'être aimés.
Pour eux c'eſt le bonheur ſuprême
De charmer & d'être charmés.
Je ſuis cet Amour ſans manie ,
Cet Amour ſincere & parfait,
Dont, à la ſçavante Uranie,
Rouſſeau fit un digne portrait.
C'eſt aux Cieux que j'ai pris naiſſance;
J'y fais la volupté des Dieux ;
Sans les charmes de ma préſence
Que feroient-ils en ces beaux lieux ?
Quelquefois je viens ſur la terre ;
Mais les Humains ſourds à ma voix ,

Déclarent follement la guerre
A mes plus respectables loix.
La Coquette, le Petit-Maître,
Et le riche Luxurieux,
Peu capables de me connoître,
N'ont jamais brûlé de mes feux.
Le vil & l'ignoble Vulgaire
N'adore qu'un Amour bâtard,
Brutal, impudent, témeraire,
Enfant d'un aveugle hazard.
Très-peu de mortels me réverent;
Encore par certains hébêtés,
Ceux que mes chastes feux éclairent,
Sont-ils souvent persécutés.

Dis donc à l'aimable Thérese,
Qu'elle ait à mieux penser de moi;
C'est à ce prix que je m'appaise,
Et que je serai tout à toi.
Si dans la haine qui l'anime,
Son cœur est pour moi sans retour,
Qu'elle craigne d'être victime
D'un profane & perfide Amour.
C'est-là ma vengeance ordinaire;
Et plus d'un indocile Objet
Souvent éprouva ma colere,

Pour un beaucoup moindre sujet,
Ces mots finis le Dieu s'envole
Plus vîte que je ne le dis.
Pour moi, je restai sans parole,
Tant mes sens étoient interdits.
Mais ma frayeur est excusable ;
A moins on pourroit en avoir.
Après ce récit véritable,
THERESE, c'est à vous de voir
Ce que votre cœur prétend faire;
Je vous parle en homme sincere,
Et qui ne veut que votre bien.
Homme qui ne se cherche en rien,
Est propre à réduire en pratique
Les loix de l'Amour Platonique.

DENESLE.

FIN.

REPONSE DE THERESE.

DE votre Amour Platonique „
Malgré ſes charmes vantés „
Je goute peu la pratique.
Vainement vous me flatés
Que cet Amour ſi ſincere „
Dans ſon génereux projet „
Néglige ſa propre affaire „
Et ne tend qu'à ſon objet.
Ces qualitez magnifiques
Sont des êtres de raiſon „
Dont les amans empiriques
Nous colorent le poiſon.
La théorie & l'uſage
Nous diſent que maint trompeur
Sçait ſous cet humble étalage,
Cacher ſa coupable ardeur.

Que fait le Dieu de Cythere „
Le plus perfide des Dieux,
Lorſque la vertu ſévere
Brave ſes traits & ſes feux ?

Il quitte son air volage ,
Ses fléches & son flambeau ,
Change même de langage ,
Et se montre sans bandeau.
Sous le nom d'amitié pure
Il abuse la vertu ,
Qui ne connoît l'imposture ,
Que quand elle a tout perdu.
Voilà ses ruses subtiles ;
Vertu , quitte ta fierté ,
Et par des larmes stériles ,
Pleure ta crédulité ,
Pendant qu'un tyran perfide ,
De ta constance vainqueur ,
D'un feu brûlant & rapide ,
Va te dévorer le cœur.

Au Fils du prudent Ulysse ,
On sçait que ce traître Amour ,
Qui comme un serpent se glisse ,
Fit jadis un pareil tour.
Son ame ferme , indomtée ,
Reçoit d'un air dédaigneux ,
D'une Déesse effrontée ,
Les caresses & les feux.
D'Amour la supercherie

Ne se déconcerte pas ;
Mais change de batterie ,
Et lui tend d'autres appas.
D'Eucharis l'éclat modeste ,
Que sa pudeur rehaussoit ,
Lui porte le coup funeste ;
C'est où l'Amour l'attendoit.
Le chaste Héros s'engage ,
Et son grand cœur abbatu ,
Aimant cette Nymphe sage ,
Croit n'aimer que la vertu.
Graces au Dieu de Cythere ,
Déja cet enfant pieux ,
Qui partout cherchoit son pere ,
En laisse le soin aux Dieux ;
Et près de sa chere Idole ,
Qui lui tient lieu de tous biens ,
Aisément il se console
D'avoir perdu tous les siens.
Bien-tôt il devient étique ,
Blême , livide , défait :
Du sage Amour Platonique ,
Rare & merveilleux effet !
Un Gouverneur trop austere ,
Qu'il traite de haut en bas

D'abord contraint de se taire,
N'ose pester que tout bas.
Ce Pedagogue, à vrai dire,
Etoit un grand indiscret,
D'aller trouver à redire
A cet amour si parfait,
Qui d'un Héros magnanime
Sçait élever le grand cœur,
En le rendant la victime
D'une vertueuse ardeur.
Il n'aime que la sagesse
Dans la charmante Eucharis;
Et la fléche qui le blesse,
N'est point celle de Cypris.
Des graces de son visage,
Ce Héros n'est point touché;
Mais ce petit avantage
Gâtoit-il donc le marché ?
Tel est de tout cœur malade
Le prétexte spécieux,
Et le raisonnement fade
Dont il excuse ses feux.
Aussi de ce verbiage,
Mentor se souciant peu,
En medecin, docte & sage

Il prend le fer & le feu ;
Saifit Thelemaque en traître,
Avec lui fe jette à l'eau ,
Et par ce grand coup de maître,
Le garantit du tombeau.
Dans la trifte conjoncture
De ce tranfport indifcret ,
Négligeant la procedure ,.
Il faut d'abord trancher net.
Tel eft vaincu qui raifonne ;
L'indolent temporifeur,
Pour peu d'efpace qu'il donne ,
N'eft plus maître de fon cœur.

   Mais pendant qu'avec fon Maître
Thélemaque fend les flots ,
Et qu'il regrette peut-être
Sa Belle au milieu des eaux ;
Que Mentor , cet homme fage ,
Le prêche ; & c'eft bien raifon ,
Prêcher dans un tel voyage ,
Eft tout-à-fait dé faifon,
Pourfuivons de notre Epitre ,
Si nous pouvons, la teneur ;
Et faifons voir à quel titre
Un Amant donne fon cœur.

Les premiers jours qu'il foupire,
Difcret, il n'exige rien :
Vous aimer & vous le dire,
Pour lui c'eft le plus grand bien.
Mais fa fauffe modeftie
Se trouve bien-tôt à bout ;
Répondez à fa folie,
Sera-t'il content de tout ?
Ou bien montrez-vous févere,
Contre fes feux tenez bon,
Et vous verrez le faux frere
Bien-tôt prendre un autre ton.

D'ailleurs fi fa flâme eft pure,
Pourquoi chercher la beauté ?
Ce Préfent de la Nature
Eft fait pour la volupté.
Pourquoi chercher la jeuneffe,
Et fes tendres agrémens ?
Une fi grave tendreffe
Doit-elle compter les ans ?
Si le folide mérite,
De cet amour eft l'objet,
Dans Bélife décrepite
Il trouve un digne fujet.
En repos & fans fcandale

On peut lui faire la cour;
La médifance fatale,
A tout jeune & tendre amour,
Sera forcée à fe taire;
On n'aura point de jaloux,
Et du fort toujours contraire
On pourra braver les coups.
Si votre ame eft fatisfaite
Des charmes d'un efprit fin,
Chryfis laide & contrefaite,
Peut fixer votre deftin.

Mais vous fecouez l'oreille !
Choquerois-je votre goût ?
Je vous entends à merveille;
Vous voulez un peu de tout.
Une beauté bien paffable,
Avec un efprit charmant,
Une jeuneffe agréable
Vous touchent plus vivement.
Eh ! quoi ! ces ames myftiques
Cherchent le plaifir des fens !
Ces fublimes Platoniques
Font comme les bonnes gens !
Au penchant de la nature,
Comme eux fe laiffant aller;

Quelle est cette flâme pure,
Qu'ils viennent nous étaler ?
Ces nobles Esprits, sans doute,
Malgré tous leurs vains détours,
Du peuple suivent la route,
Et sont peuple en leurs amours.
Ainsi que le sot Vulgaire,
Ils idolatrent les corps,
Et n'ont rien que d'ordinaire
Dans leurs sublimes tramsports.
Ne vantez plus l'origine
De votre Amour tout divin ;
Car je connois à sa mine
Qu'il n'est qu'un franc libertin :
Et dans son portrait lubrique,
Par vous-même exécuté,
On trouve preuve autentique
Que je dis la vérité.
Moins grossier que ses deux freres,
Il n'a pas plus de raison ;
Et ce sont trois volontaires,
Issus de même maison.
Leur mere est une Grisette,
Leur pere un jeune Bandit ;
Leur berceau fut la Guinguette,

Ou tel honnéte Réduit.
Les feux que tous trois font naître,
Sont d'infaillibles poisons,
Propres à peupler Bicêtre,
Ou les Petites-Maisons.

Si par hazard ma franchise
Vous irrite contre moi,
Pour appaiser cette crise,
Je vous propose une loi.
A votre Amour Platonique,
De tout mon cœur je consens ;
Mais pour le mettre en pratique,
Ayez quatre-vingt-dix ans.
Pour une telle tendresse
Prendrai-je tête à l'évent,
Lorsque je vois là vieillesse
S'y mécompter si souvent ?
Que de graves Personnages,
Aimant ainsi leurs Agnès,
De filles simples & sages,
Ont sçû faire des Phrinès !

APPROBATION.

J'Ai lû par ordre de Monsieur le Liéute-
nant Géneral de Police, un Ouvrage
qui a pour titre : *Epitre à Therese sur l'A-
mour Platonique ; avec la Réponse.* Et je crois
que l'on peut en permettre l'impression. Ce
4. Decembre 1738. CREBILLON.

PERMISSION.

VEu l'Approbation. Permis d'impri-
mer. A Paris ce 7 Decembre 1738.

HERAULT.

9 782014 068672